그네

그네

문동만 시집

창비

차 례

제1부

등 010

낯설지 마라 011

살얼음 012

가난한 성에서 014

저울에게 듣다 016

딱따구리 018

배후 020

낙화 021

자면서도 입 벌린 것들 022

산장모텔 앞 024

불편한 식사 025

물에 에인 날들 026

홍어 생각 028

얼음 연리지 029

은둔기 030

순식간에 사라지는 집게발 031

제2부

아내의 정부 034

종점, 그리고 036

그녀의 별자리 037

매미 038

마들의 소나기 040

어머니와 새 041

주꾸미 알 042

서해 043

서해 2 044

소래에서 046

벙어리 물고기 048

패총 050

동화(童話) 052

장항선 3 053

장항선 4 054

자석과 겨울나비 056

상수리묵 058

봄꿩이 울 때 059

앙다문 입 060

제3부

삼양동 집어등 062

뼈다귀해장국 063

독재자 금의환향하다 064

오월, 뼈의 이름으로 066

지게 068

수직의 배반자 070

봄산 071

창원에서 죽다 072

환관의 무덤 074

왜 배당하지 않는가 076

도강하는 멧돼지 078

어제의 사내 080

지하계급 082

직립의 뼈들 084

청어 085

제4부

호박이 익어가는 힘 088

아직은 저항의 나이 089

어떤 음계에서 090

배웅 092

투신 094

내 마음의 밭 096

하류에서   097

마지막 술집을 찾아서   098

미안하다 봄   100

그 도시의 일곱시   101

독학   102

달아난 여인   103

그네   104

해설 | 김수이   105

시인의 말   118

제1부

등

우리는 서로 등을 밀어주었다

닿지 않는 등허리 한복판만큼
쉬 벗겨지지 않는 내밀한 허물
거기서 우리는 뒤틀린 등짝과 엉덩이와
언뜻 거울에 비치는 까칠한 턱을 보았다

우리는 때가 많이 밀리는 같은 병(病)을
앓았기에 누구도 부르지 않고
서로의 등을 밀었다

묵묵한 등을 보면 알 수 있다
등이 인간의 맨얼굴이라는 걸

사람들의 몸에서 이끼 냄새가 났다
아마도 인간의 첫 수원지(水源池)에서 자라난
건강한 이끼일 것이다

낯설지 마라

한 아이가 골목에서 생라면 까먹다 부스러기를 흘린다
가난한 날의 주전부리나 주눅들어 주저앉았던 담벼락
내 오래된 상징, 낯설었지

작업복을 빨아 널며 나는 옆집 빨랫줄을 쳐다보네
엉덩이 쪽에 찌든 기름자국을 나도 모르게 숨기며

망각은 청이끼처럼 자랐네

이 착한 초여름 바람에
누구라도 꺼내 말리는 오래된 삶의 부표들

내 꿈은 떠 있는 것이었지
가라앉지 않는 것이었지

오, 어떤 세월 그대여 낯설지 마라

살얼음

결빙을 위해서 새벽이 서늘했다
발 디디자 자작하니 몸을 가르는,
그 자잘한 핏줄들이
큰 무게를 버틴다 가늘게 갈라짐이
파탄을 이기는 힘이라고
자자작…… 몇발자국 더,
살얼음의 힘을 최대한 믿어본다
자자자자작……
내가 걸친 앙망(仰望)의 무게조차 견디는
이 질긴 역동을 기억하기로 하자

날 풀리면 저 절개된 상처 서로를 빨아
순한 평정을 이룰 것이다
맹한이 닥쳐도 견딜 것이다
상처를 안으로 얼려서 어설픈 무력쯤은
튕겨낼 것이다

물은 얼지 않기 위하여

얼음은 녹지 않기 위하여 사는 것인가

그 아슬한 결빙 위, 드러난 실핏줄이여
너를 믿고 나는 믿는다

가난한 성에서

가끔 들르는 이곳은 나의 일터
두 팔을 벌리면 베란다 창이 다 가려지는 도시의 누옥
실어증에 걸린 사람들과 미쳐서 말이 끊이지 않는
사람들이 아래윗집에서 배수구로 말을 통하는 곳

혼혈인 듯 눈이 깊은 아이가 자전거를 타며 싱그럽게 웃
는다
여자들은 억센 음절이나 묶음으로 홑겹의 몸에 닥칠
겨울을 기다리고 있다

저들은 어디에서 쫓겨났거나
가까스로 성주로부터 세간 한칸을 얻은 사람들
제정신이 아닌 소녀는 무턱대고 아무 차문을 열고
입정거리를 낚아채가고

상한 간(肝)을 돗자리 위에 널어놓고
화투를 치는 몇몇의 머리맡에
몇 남지 않은 적단풍이 떨어진다

아홉 평 칸칸의 새한도 속으로 들어가는 노부부의
병로한 행색이 나의 전생 같다

가난이 그치지 않는 성에서 나는 가깝고도 먼 곳을 본다
강 건너엔 땅을 너무도 사랑하여서
땅을 사면 그 땅에서 돈다발이 열리고
집을 사면 집이 새끼를 쳐 번성한다는
기이한 풍속도 눈에 선하다

시래기처럼 밤새 바스락거리던 몇몇은 각혈을
멈추고 끝내 강을 건너 운구되기도 하리라

저울에게 듣다

아버진 저울질 하나는 끝내줬다
파단 마늘단, 어머니 무르팍에서 꼬인 모시꾸미도
오차 없이 달아내셨다 저울질 하나로 품삯을 벌어오던
짧은 날도 있었다 대와 눈금이 맨질맨질해진 낡은 저울
아버지가 세상에서 가장 정확히 볼 수 있었던 건
그 눈금이 아니었나 싶다
내게 평을 맞추어 제 눈금을 찾아가는 일이란
아버지가 먹고살 만한 일을 찾는 것만큼 버거운 일이다
균형이란 무엇이고 치우침이란 무엇인가 그런 머리로
내 혼동의 추가 잠깐씩 흔들린다
그러나, 저울을 보는 눈보다는
치우치는 무게이고 싶다는 생각
무게를 재량하는 추보다 쏠리는 무게로
통속의 추들을 안간힘으로 버둥거리게 하고픈
그 변동 없는 무게들을 극단으로
옮겨보고 싶은 생각이 들기도 했다
가벼우나 무거우나 역동의 무게로 살라는
이젠 팽개쳐져 아무것도

가늠치 못하는 녹슨 저울에게
지청구 한토막 듣는다

딱따구리

뼛가루가 날려 내 어깨에도 얹혔다
데려가달라는 당신의 당부인지
내가 매달린 것인지,

우린 서로 모르는 사이
나는 살아서 산을 오르는 중이고
당신은 죽어 나뭇밥으로 뿌려지고 있었다
때마침 바람이 불었던 것

당신의 가벼운 육신을 무겁게 지고
몇걸음 오르다 딱따구리를 보았다

딱따구리는 나무를 깊게 파내어
살아 있음을 말했고
나무는 파여짐으로 살아 있음을
표했다

뿌리까지 드러나 밟힌

아픈 길이,
길이었다

숨긴 깊은 뿌리가 버티는
길이었다

배후

직관의 부리를 앞으로 앞으로 밀며
활공하는 기러기떼

어둠이 갈라지고 꽁지 끝에서 다시 어둠이 모인다

끼루룩대는 저녁의 신호
아직 터지지 않은 말이 이미 터진 말을 감싸며
터진다

생기발랄한 부리들이 뒤처진 날개를
힘껏 부른다

서정시가 파닥거린다

낙화

아내와의 싸움이 길다
비가 라일락을 덮치며 쏟아진다
꽃은 공중에 뿌린 제 향기를 거둬 땅 밑의
외롭고 쓸쓸한 것들로 옮기는 참이다 다행이다
끝물의 꽃과 대찬 봄비는 참 좋은 합일이어서
나 없이도 세상 잘 돌아간다, 그걸 일찍 알아서 쓸쓸했다
네가 꽃을 떨구고 이파리를 세울 때
방바닥조차 바꿀 수 없는 이 무기력한 노동이,
이기지 못하는 술이, 먼저 심술난 개새끼처럼
짖어대는 내 심통이 다 싸움거리였던 게다
사는 게 어려운 날엔 늘 벌금이나 세금이 나왔고
깊이 잠들지 못했다, 다시는 가지 않을 술집을 전전했다
그러니 아내는 말라가며 나에게 저항했던 게다
먼발치 있는 너를 생각한다 너는 어둡고
따뜻한 모토(母土)에서 내 말을 들을 것이다
나는 결핍을 말하고 너는 낙화에 대해 말하는 것이다
저 비가 전령일 게다
잠시 어두움이 우릴 말하게 했나보다

자면서도 입 벌린 것들

자면서도 입 벌린 것들
넷이 누우면 요강단지 하나 모시지 못할 안방에
저 두 발도 내 발이요 저 두 발도 내 발이고
또 저 두 발도 내 발인 식구들이
그야말로 밥 먹는 입들이 모로 누워 뒹굴며
이불을 패대기치며 잠 깊다
자면서도 입 벌린 것들
나를 향해 타박을 놓는 것이다 지금 자정을 넘어
취객의 욕지기가 웃풍으로 새어드는 겨울밤
큰 잔에 술을 따라 마시곤
서툰 기운으로 그 가녀린 것들의
깊은 잠 앞에 나는 몸둘 바 모르겠다
음습한 내 기운 시절을 가리지 않았으니
무슨 사랑이 나의 책임이 되었단 말인가
나 같은 것의 책임이 되었단 말인가
환멸은 진눈깨비로 내린다
이 착한 것들의 잠꼬대조차 자학으로 다가오는 서늘한
새벽,

떨면서 꾸는 꿈도 있었느니라
자면서도 입 벌린 것들

산장모텔 앞

저 연인은 사랑을 하면서 차의 번호판을 가렸다
불빛이 새어나오는 여관방, 에로스의 여정은 간단치
않다고, 불안한 행로를 잠시 숨겼다

권장할 것도 비난할 것도 없는 일들은
암암리에 이루어진다 누구에게는 꿈이어서
누구에게는 불경한 것이어서

몇겹의 막으로 속살을 숨겨도
그림자는 바람에 흔들리고 그들의 밭은 숨소리는,

수캐같이 그곳을 지나다보면
떨어진 자목련이 무참했다

봄이 서둘러 자진하는 듯도 했다

불편한 식사

돼지편육 홍어무침 새우젓 인절미 절편 꿀떡 오징어채 땅콩 배추김치 코다리지짐 육개장에 밥 말아 먹고 또 먹어야 하는 날들 그제는 식탐 없던 사람이 밥상을 차려주니 이틀 밤낮으로 잘 먹었다 왜 죽음은 엇비슷한 밥상만 차려주는가 옆에 관짝을 눕히고도 익힌 살과 생살을 번갈아 식탐하는 습속이 불편하다 식인(食人)도 습속이라지만 저들이 숟가락을 놓는 날까지 숟가락을 굳게 움켜쥔다는 것, 이런 식사가 불편하다 먹어도 먹어치워도 줄지 않는 죽음이, 엇비슷한 술판의 아우성과 몇몇만의 곡소리가

물에 에인 날들

더운 날일수록 틈이 많은 사각빤스가 좋을 것이라
짐작하겠지만 계단을 죽어라 오르다보면
싸구려 빤스의 밑단 때문에 허벅지가 쓸리고
땀은 까진 살갗을 시리게 한다
물에 살을 에인 날들

직선을 보수하는 것이 나의 업
계단을 가장 빠른 시간 안에 무용지물로 만들수록
유능한 기술자가 된다
생각보다 계단만큼은 극구 걷지 않으려는 사람들이 많다
그들은 직선이 고장나면
참지 못하고 간혹 뒤통수에 욕을 하거나
언제까지면 직선이 수리되겠느냐고 윽박지르기도 한다
욕을 먹어야 밥이 나온다

밥은 나를 서두르는 사람으로 조련시켰다
성실해야 할 인간으로 나는 오인되거나 규정되어졌다
부자들의 호화아파트 직선계단을 고치러 간 날

아파트 로비에는 대리석이 그 위에 양탄자가
그 위에 가죽쏘파가 그 위에 대형 텔레비전이,
그 위에 잠들었으면 싶었다
어머니 그깟 마늘일랑 그만 까세요 내 허벅지처럼
손가락이 쓰리잖아요
그런 잠꼬대나 하고 싶었다

사각빤스를 입어 사타구니께가 쓸리는 날
나는 포경수술한 아이처럼 한쪽으로 기우뚱하다
미로가 분명한 회로도면 위로 땀방울이
빗발 같고 공구를 집어던진 채
나는 아득히 길을 잃고 싶었다

홍어 생각

　4·19사거리 목포홍탁집 파란 플라스틱 탁자 위에서 제
멋대로 비워질 장수막걸리가 그립다 꼬리지도 비리지도
않은 중간쯤 삭힌 맛 한 접시면 서너 명이 막걸리 네댓 병
비우기 좋고 술은 남고 안주 떨어지면 무친 홍어를 덤으로
주던 전라도 이모가 그리워진다 이게 어디 산(産)이요, 물
었다간 "내가 배 타고 가서 잡은 사람여 바다가 다 같은 바
다지 물이 갈라져 사능가" 한 바가지 제대로 쏘아주는 그
된소리가, 담배연기 찌든 누런 벽지에 '홍어 먹고 사랑하
자' '홍어 없는 세상은 마누라 없는 집구석' 따위의 내갈긴
낙서에 혼자 실실대다 턱을 고이던 날도 여러 날이었는데
풋풋한 미나리에 초장 찍어 먹던 홍어 생각, 데친 콩나물
을 초장에 비벼 싸먹던 생각, 이렇게 비는 내려 굵은 빗방
울에 마음도 상추잎 숭숭 구멍 날 때면, 패대기당한 듯 사
는 게 비리기만 할 때면, 개코나 4·19는 하 세월인 양 별
생각 안 나고 얼싸쿠나 4·19사거리 목포홍탁집만 생각나
는데, 삶은 돼지고기를 가져가도 군소리 안하는 그 집에서
딱 한 점이면 좋겠다는 생각

얼음 연리지

눈 덮인 무덤가 에돌다 간 발자국
되돌아오는 길 망설였는지 깊게 다져진
겹겹의 발자국

오직 한 사람의 한나절 발자국
새떼들도 먼발치 앉아
그 굳어가는 결연을 보네

어둠은 빨리 와
얼어가는 하늘을 덮고
속 마른 청미래 몇알은 언약인 양 선홍빛인데

두 사람 기어이 깡깡 얼어붙었네

은둔기

일 놓고 물 마른 계곡
바위 위에 책 베고 드러누웠다
어느 놈이 이 짧은 일탈에
시말서를 쓰라고 할 테냐

싸르르 쏴 짜르르르
나 모르는 풀벌레 풀벌레들
숨기는 것과 드러내는 것, 사이에
내 마음 있어서

숨어서 우는 습한 노래와 마른 사랑,
사이에
내 마음 있어서

이 맨바닥에 돌을 던져다오

수렁같이 빨아먹으련다

순식간에 사라지는 집게발

약간의 불안과 불온이 있는 개펄에서
순식간에 농게의 집게발이 사라졌다
작심하고 던진 흙덩이 하나 때문에

안전한 구멍으로 사라진 집게발
더듬이를 들어 다시 사위를 살피는 집게발

아득바득 체제를 아끼며 살다
평온이 지루해지면 기어나오는 습성을 지녔다

성실히 먹이를 찾거나 구멍을 파는 생활은
누구에게나 공인받는다
밥벌이를 핑계 삼아 간혹 자주 숨는 집게발!

가끔 거리에서 팔뚝질하다
다시 얕은 구멍에만 숨는
그러다 못 견디겠다는 듯,
다시 드는 집게발!

제2부

아내의 정부

다시 저 사내
아내는 아파 드러누웠고 잠시 아내의 동태를 살피러
집에 들른 것
어떤 남자가 양푼에 식은밥을 비벼먹다가
그 터지는 볼로 나를 쳐다본다 그래 그렇지 오랜 세월
아내의 정부였다는 저 남자 늘 비닐봉지를 가방처럼
들고 다니며 옛 여자의 냉장고를 채워주는 게 업이라는
사람 평생 조적공으로 밥을 벌어먹었고
씨멘트가루 탓인지 담배 탓인지 목구멍에 암덩어리를
달고서야
일도 담배도 놓았다는 저 사내
늘 성실했으나 사기꾼들에게 거덜났던 사내다 아픈
옛 여자를 위해 공양인 양 쌀죽을 쑤어 바치고
잔반을 털어 비벼 늦은 점심을 때우고 간다 온다 말없이
문을 잠그고 돌아가는 이 오래 보는 삽화의 주인공
나도 이 한낮 그처럼 쓸쓸하여 그가 앉았던 식탁을 서성
거린다
개수대는 밥풀 하나 없이 말끔하고 아내는 잠 깊고 그러니

나는 사랑의 무위도식자로 그 행적에 질투하며 순종하
고 마는데

그가 되돌아가는 긴 내리막길에 뻐걱거리는 뼈마디에

가벼운 보자기에 순종하고 마는데 내 원하는 대로 해주지

아내의 정부! 이딴 순애일랑 내 못 본 체할 것이니

오래오래 두고두고 즐기시지

종점, 그리고

늙은 디젤엔진처럼 식식대는 여자는
아직도 혼잣말을 중얼거리며 배차장에 서 있다
오늘밤은 시든 국화를 들고서
어느 마을에나 미친 사람이 있었듯
이 변두리 마을도 마찬가지다
사실 혼자 미친 자들은 어떤 죄도 지은 적이 없는데
그들이 가슴에 식칼 하나 품은 줄 알고
먼발치로 에돌아갔다
미친 사람은 말을 멈추지 않는다
말이 생존이고 기억이다
절기에 맞는 옷조차 잊었다
말이 얼마나 중요했는지 옷보다 밥보다
여자는 말을 찾았다
인생의 종점에 들어 입에 꽃을 물었고
큰길로 나가는 버스는 그녀를 태워주지 않았고
그러므로 소외는 말을 중얼거리고
반복하고 있었다
아이는 버려두고 날마다 말을 낳고 기르는 여자

그녀의 별자리

　신혼부부 사는 아랫집에서 쌈질하는 소리가 햇봄이 익도록 들렸다 여름이 되자 사내의 얼굴이 보이지 않았다 여자는 가끔 몸에 달라붙는 물방울 원피스를 입고 저물 무렵 나팔꽃처럼 피어서 막 들이치는 어둠속으로 빨려갔다 호박넝쿨은 사는 게 까실하다고 잎이 입같이 수군거렸고, 말린 꼬투리는 끊어진 통신줄 같았다 콘크리트를 타고 울리는 피차간의 공명은 그치지 않았으나 서로 모른 체했다 삶의 표정을 지레짐작으로 읽으며 어떤 경우에도 모른 체했다 그 집에서 밤이면 아이 울음소리 괴괴한 여자 울음소리와 비음들, 새벽잠을 건드리는 불안한 재즈풍의 노래들 가끔 방바닥 긁히는 소리가 났다 생활을 옮길 수 없으니 소파만 옮기는 듯이, 별자리가 벅벅 긁히는 소리 호박잎으로 맨등을 긁는 소리같이

매미

숫매미 우는 소리에 새벽잠을 뒤척였더니
아이들이 매미를 잡겠다고 잠자리채 들고 촐랑거린다
일곱 해를 굼벵이로 꿈틀거리다 스무 날만 날개를 달고
사는 매미
숫매미가 구애를 하느라 꽁무니를 들썩일 때마다
정점에서 푸르른 이파리들이 부르르 떤다

왕왕대는 그 울음이 귀찮기도 하고
애처롭기도 하여 나는 실하고 쎅시한 암매미가 어디 있
는가
둘러도 보고 저 원기왕성한 울음이 어서 그치기를
실눈 뜨고 기다린다

접붙는 매미를 잡으면 꿀밤이다 인석들아, 한다
그 찰나의 시간이 온 생의 정점이구나, 한다
그렇다면 아직 끝나지 않은
내 구애도 어디서 맨울음을 울기도 할 텐데, 한다

그러고는 늦여름의 깊은 그늘 속으로 다시 돌아오는데
  돌연 매미 울음이 그친다
  잠은 달아나고 내 뒤꽁무니가 씰룩씰룩 들썩이기 시작
한다

마들의 소나기

북서울오토바이 집에는 빵꾸를 때우는 스무살이 있다
피자배달보다 오토바이가 좋아서 왔다는 스무살이 있다
노랑머리 애인이 가끔 놀러 온다

열 받으면 그녀는 툴툴거리는 낡은 선풍기를 발로
걷어차버리기도 하고 쭈그려앉아 제 입술로 불붙인
담배를 물려주기도 하는데,

그녀가 예뻐 보일 때는
땀 많은 애인 머리칼을 걷어올려주는 그 찰나

기름투성이 스무살이 타이어를 주물거리다
불에 구운 풋콩처럼 검게 익은 손가락으로
그녀 볼에 기름 곤지를 찍을 찰나

그 키득대고 깔깔대는 소리가 덜 여문
덜 여문 수작인데,
여기는 바람 한점 없는 칠월의 기름밭
보는 사람만 젖는 소나기 내린다

40

어머니와 새

　그 새는 삼년째, 설 즈음해서 며칠간 손님처럼 묵어가곤
했다
　어머니도 그 새 이름을 알지 못했다
　박새 같기도 콩새 같기도 한 그놈은
　시렁 위에 앉았다 해 뜨면 사라지고 밤 으슥하니
　되돌아오기를 여러 날이라 했다
　어머니가 마루에 똥받이를 깔아놓고
　새벽녘 요강에 걸터앉아
　춥겠다,
　허공을 손사래로 쓰다듬고는
　춥겠다,
　하시면
　그놈은 괜찮다는 듯
　눈 한번 끔벅 들어보곤 하였다
　정월 초하루가 그놈처럼 앉았다 갔다

주꾸미 알

삼우제가 낼인데 식구들 둘러앉아 데친 주꾸미를 먹는다
가시던 날 온 방 안이 밥알로 보인다는 아버지께
어머니는 유언 같은 밥 두 숟가락을 억지로 떠먹이셨다
꽃신 신은 아버지, 마른 석화 같은 입속에 쌀알을 넣으며
나는 간간한 눈물 몇술만 제수하였다
주꾸미 대가리에 가득한 고봉 찰밥 같은 알덩어리들,
볼이 터지게 주꾸미 알을 쟁여넣는 식구들
곡기 끊긴 생의 참담함도 씹혔으리라 거죽만 남은 당신
평생 찰진 밥상을 꿈꾸었으나, 우리 따습게 앉아보지 못
했네
살아서 먹는 끈끈한 밥이야말로 어떤 제상보다
위대하다는 듯 우리는 고봉밥을 나눠먹고
아버지 아버지 야들아── 찬찬히, 찬찬히 많이 먹거라
마른입 달싹여 주꾸미 알 찰지게 오물거리신다

서해

그이는 홀로 아홉 남매를 키우셨다 한겨울 매서운 바닷가 그이가 바위인지 바위가 그이인지 모르게 바위에 달라붙어 석화를 땄다 얼굴은 늘 두텁게 상기되어 밀고추장 같았다 물 마실 짬도 없이 살아서 동맥경화에 걸렸으리라는 얘기는 해풍이 아니라면 기억도 못하리라 아주 작은 여인, 지게에 얹어도 한짐도 안될 여인, 몇삽 덮어주지 않아도 다 덮이는 여인

차일 위로 비가 내리고 이제 곁에 돌보지 않은 무덤들이 벗하리 뗏장을 다지는 삽날조차 곁을 떠나면 식혜를 잘 삭히던 여인은 겨울이 더없이 서러우리 비석에도 새겨지지 않는 아픈 생을 기억하라고 달라붙는 붉은 질흙과 아우성치는 서해, 가난이었고 무덤이기도 어쩌면 망각이기도 한 서해, 언제나 그랬듯이 이 세상 어떤 부유물도 네 속에 거두었듯이 핏줄 막힌 이 여인도 바다가 되게 해다오

서해 2

포구에서 얼굴 불그레한 뱃사람들이
우럭새끼 한 마리를
두 점의 안주로 나눠 됫병 소주 반을 비우고 있다
9월이면 꽃게를 찾아 백령도로 갈 것이라 한다

새끼 우럭들은 방파제 쪽에 떼로 몰려
서툰 낚시에도 걸렸다 두어 마리만 더 건지면
저들은 꽃게처럼 비척거리며 집을 찾으리라
해초 같은 저들의 머리칼 위로
밤이슬 여러날 더 내리면 입추(立秋)

저 북쪽, 꽃게가 사는 경계 없는 심해에는
수장당한 젊은 살점들이 해류에 시리게 쓸리고 있다 한다

나도 집게발을 들어 성긴 그물을 한코 한코 쥐어뜯으며
기어가 늦은 조문이라도 하고 싶었다

그곳도 이곳처럼 그러하리라

땀과 육담과 욕지기의 포구에서 우럭들이
거무스레 늙고 있을 것이다

소래에서

우리는 낮술에 취했다
경매장에서 알아들을 수 없는 암호를 듣다
두툼한 광어를 씹었다
젓갈처럼 곰삭혀지지 않는 그 무엇이 있어서
물이 들어도 떠나지 않는 폐선 곁에서
오래도록 술을 마셨다
탁한 밀물이 밀려오고 어선은 닻을 매고
찢겨진 부표 쓸려오는데 기차는 오지 않는다

망둥어같이 흔하고 싼 인생들이
열을 지어 철교를 건넌다
잿빛 거품은 폐선에 부딪치며 떠보라고
한번 물길로 나서보라고

그러나 녹슨 것은 녹슨 대로 포구에서 늙어가리라
끊어진 길은 추억의 길일 뿐

돌게 한 마리 찻길에 올라와 서성거린다

곧추세운 눈을 따라
비틀거리며 만드는 길을 따라
우리도 걸었다

벙어리 물고기

벙어리 여자는 뜰채질이 생업인 게다
멸치 같기도 하고 빙어 같기도 한 물고기가
해초 더미에 알을 낳으러 올 때,

남매는 양동이에 잡힌 물고기를 갖고 장난을 치다
어뭐뭐 어뭐뭐 궁둥이를 얻어맞았다

물고기들은 쉼없이 떼거리로 몰려들었고
여자는 뜰채질을 계속했다
아이들의 장난질도 여전했고
바다는 솎아내도 솎아내도 입질을 계속했다

하늘이 푹 **빠져** 멱을 감을 때,
사내 하나가 방파제 길을 내달려
벙어리 물고기들 앞에 섰다

사내는 대합처럼 입을 벌려 걸게 웃으며
아이들을 두 팔에 안아 지는 해 속으로 들어올려주었다

여자는 뜰채를 가지런히 내려놓고 궁둥이를 받쳐주었다

패총

텃밭에서 감자를 캐다가
흙빛과 닮아가는 한 무더기 조개껍데기를 쥐었다

이내 이름도 없는 서해 조그만 만(灣)이 떠올랐고
내 키가 자라는 동안 죽어간 개펄이 생각났다
바다는 세월이 흐를수록 멀어졌던 것이다
가끔 서남쪽에서 불어오는 바람에 고개를 돌려보았지만
갯기는 없고 썩는 조개속살 냄새가 실려왔다

소처럼 그렝이*를 잡아끌면 둑 걸리는 굵은 대합
아이에게 다 채우지 못할 큰 망태기를 둘러준 건 아버지
였나 가난이었나
밀물은 어둠처럼 포복하며 뭍으로 뭍으로
내몰았지 왜 파도는 넘을 수 없는 방파제 앞에서
포말을 토하며 더 악다구니를 쓰는지
살갗이 군데군데 벗겨진 아이 깡마른 소금꽃이 핀 아이를
주눅들게 했는지

뭍은 넓어지고 내 가난한 추억은 갈아엎어졌다
죽음의 잔해가 득실한 패총이라도 가고 싶다
썰물에 쓸려간 고무신 한짝을 찾고 싶다

모든 시절은 켜켜이 패총이 되어 호미 끝에 걸리는데,
나는 속울음 우는 조개무덤을 지그시 닫아주었다

* 어깨에 걸고 끌어 대합을 잡는 도구.

동화(童話)

　어머니는 숲에 낭구를 하러 가자고 어린 내 등에 아버지
가 지던 작은 지게를 걸쳐주었네 아버지는 성에 낀 창을
열고 피 묻은 객담만 행길로 뱉어낼 뿐이었네 내가 헨젤만
하던 나이 내 동생 그레텔은 남의 집 텔레비전을 보러 갔
다 쫓겨났었지 나는 없이 산다고 무시하지 말라고 울며 말
했지 나는 집을 잃을까 두려워 어머니가 나를 숲에 두고
갈까 무서워, 아니 얼터져져 눈에서 고름이 나는 어머니를
숲에서 잃을까 무서워 누룽지 알갱이를 점점이 뿌려두었
네 눈이 짓눌려 얼음이 박힌 길 어머니는 롤케이크 같은
고운 나뭇동을 이고 나는 바지게에 솔잎을 아기무덤처럼
담아 함께 논둑길에서 오진 바람에 흔들렸네 함께 흔들렸
네 목마르면 눈덩이를 파먹었네 점점이 뿌려둔 누룽지 알
갱이는 오간 데 없었으나 어머니가 계셔서 나는 길을 잃지
않았으리 겨울이 오려는가 갈참나무가 어느새 당신처럼,
당신 허리는 숭숭 구멍 났고 귀는 막혔네 간은 굳어가네 다
행히 그레텔은 잘 자라 아이를 둘이나 낳았네

장항선 3

내 사랑 녹슬지 않기를

오줌발을 견디며 긴 길들이 자라났다
아른아른 아지랑이 속으로
오리무중의 시간이 몸을 숨기고 있다

침목은 건드리고 가는 모든 무게가 아프다

기차는 팽팽하게 앞으로 나아가고
생은 뒤로부터 읽히는 것
그러다 돌연 역방향에서
멀어진 것들이 들이치는 것

당신은 플랫폼 쪽으로 기름냄새를 풍기며
들이치고 있다

눌릴수록 맑고 빛나는 철길을 떠나 기어이
소실점으로 사라지고 있다

장항선 4

내 서툰 사랑법은 방생이 아니라 가두리였다

내가 당신한테 아무 기대 없듯이
댓가 없는 선물을 툇마루에 놓아두고
밤기차를 타듯이

지나치는 역사(驛舍)처럼
잊을 건 잊고 기억할 건 기억하여서

불빛이 아슴아슴한 먼 집이여

지그시 눈감으면
설움도 아련한 기억이
될지도 모른다

초로의 한 여인이 팔다 남은
젓갈광주리를 버겁게 이고 내리는
그 내려보지 못한 간이역에 내리어

낯설고 담담한 내가 되어
다시 새벽 첫차로
당신에게 가면 되는 것을

포기도 사랑이리

낯선 내 모양도
다시 서툰 내 사랑법이다

자석과 겨울나비

형은 자석이었다
가난 뭉텅이를 잡철처럼 붙이고 살았다
열일곱살 때 가구공장에서 삼만오천원을 받고
열여섯 시간을 일하고
니스 냄새 때문에 중이염을 앓던 귀에
고름이 더 차더라고 편지를 썼다

명절 때 형은 큰 자석을 가져왔다
자석공장은 조금은 낫다고 했다
녹슨 못이 빠져나오던 우리집은 형의 피고름으로 견뎠다

오지게 퍼붓던 그 눈발을 기억한다
아버진 아무개 집 사랑방에서 밤새 화투패를 쪼이고
그날은 형이 떠나가던 날

신작로는 길고 눈바람은 무거웠는데
호두나무와 문드러진 봉분이 있는 언덕에서 형을 보냈다

액막이연처럼 날아가고 있었다
열 발을 떼기도 전에 발자국을 지우던 눈바람 속,
열두살이었던 나는 까치발을 세우다
그래도 안 보이면 교회당 언덕배기로 올라가
아물아물 하얀 점이 되어가는 나비를 쫓다,
기어이 놓치고 말았다

겨울보다 깊은 계절로 날아가는 겨울나비를

상수리묵

어머니 가으내 다람쥐처럼 상수리 주워서
고춧대 걷을 때쯤 가마솥에서 묵을 쑤었다
들깻단 불쏘시개 고소한 소리가 튀밥처럼
아궁이에서 톡톡 튀는데 죽이 끓기도 전
먼저 입소리로 훠이훠이 묵을 끓이는 어머니
울혈진 시름이 잠시 묽어졌다가 잉걸이 죽으면
다시 굳어지는 변죽 많던 살림살이
몇대접을 먹어도 배부르지 않은 묵 쑤는 날이면
눈이 내리기 일쑤였고,
식구들 다람쥐가 되어 상수리를 갉아먹노라면
잔소리 많은 아버지도 그날만큼은 순한 날다람쥐 되어
조곤조곤 몇점 넘기다
묵대접을 식구들 앞으로 밀어내곤 하였다

봄꿩이 울 때

할머니 이장할 때
그이를 칭칭 감고 있던 것은
삼베도 면실도 아니었다
아무리 당겨도 끊어지지 않는 나일론 실이었다
그이는 살아 죄가 많으셨나
아니, 그이는 참빗에 걸린 머리칼을 모아
어린 입들을 달게 하셨을 뿐
습한 땅에서 그이 뼈는 검었고
마디마디 깊이 엉킨 오라를
온전히 수습할 수 없었다
칠성판에 옮긴 그이는 아무리 바로 눕혀도
제 뼈와 뼈를 당기며 자꾸만 모로 누웠다
아버지는 깊은 담배를 맹감넝쿨께로 뿜었고
나는 지게 위에 마침내 탈옥한 그이를 가볍게 안아 얹었다
멀리 봄꿩이 울 때

앙다문 입

새꼬막 까먹다,
개중에 입을 열지 않는 것들 만나면
죽어서 앙다문 어떤 입들이 생각나서
모질게 열 수 없는 닫힌 말이 떠올라서
짭짜름한 해감내 흐르는 갯바닥길이
발바닥에 우묵하니 걸리는 조개등짝도 생각나서
둘러앉아 동죽과 백합을 까먹고 간간한 국물에
떡수제비를 끓여먹던 그 저녁이
자줏빛 팔월 옥수수를 삶아먹던
반딧불이 꽁무니에 흐린 등을 달던 그 여름밤,
쑥불연기 속으로 날아간 아무개댁 아무개엄니
아무개아버지 객사한 아무개성 미쳐버린 아무개누이
등등
장삼이사 누추한 이름붙이들, 생각나서
그 닫힌 입을 열다보면, 아 입이 없는 당신들

제3부

삼양동 집어등

삼양동 언덕길 큰길가에 늘어선 홍등들,
야리야리한 커튼 사이로 뱃살 늘어진
작부의 허벅지가 곰빵질로 어깨 무너진
사내를 잡아끈다 변두리 하현달은 그믐께로
기울어진다 첫차가 지나도록 꺼지지 않는
삼양동 집어등, 채낚기당한 물고기 몇마리
파닥거리다 제 비늘을 떨구는 통발 속 세상도
막다른 하류에서 주낙을 놓는 여인의 그 짓도
현생의 미늘이다
아이는 해진 공책에 아비의
발걸음을 그리다 불안한 잠 들었으리
여자는 밥보자기를 씌워놓고 새벽 외등 속으로
부은 몸을 숨겼으리

뼈다귀해장국

뼈를 발라먹는 밤
골수까지 쪽 빨아 백골로 만드는 깊은 밤
입술은 끈적거리고
뼈만 쌓이는 기름진 밤
사람들은 은행나무 가로수 아래
뼈다귀 다섯 가마를 쌓아놓고
아직도 뼈를 발라 축성(築城)하는 중이다
은행잎은 누런 뗏장처럼 그 위를 덮고
바람은 곡처럼 휘돌다 간다
모든 게 익숙하다

독재자 금의환향하다

　　　　　　　　　　　　—과거의 그것이 비극이라면
　　　　　　　지금도 비극이고 미래에도 그러하다

아버지는 당신 같은 분이

대통령을 천년만년 해야 한다고 합니다만,

만약에 그리된다면 다시 부활한 독재자인 당신께서

3개 사단쯤 정예부대를 이끌고 의사당을 점거하고 청와

대로 입성하시겠다면

아버지 태극기를 들고 장군님 만세를 외치시며 따라가

신다면

저도 따라 하얀 손수건을 들고, 아니 하얀 광목천에

독재다도 민주쟁취라든가 쿠네타 역석 다시 찢어죽이

자! 귀신은 물러가라!

붉은 글씨로 써서 그 앞에 바리케이드로 막아선다면

아버지 "네놈이 못 죽어서 환장했구나" 하신다면

"내 죽는 꼴 꼭 보실 테요"

하고 진격하는 탱크 위로 올라가 피 묻은 광목천을 흔들

며 아리랑이나

임을 위한 행진곡을 부를 때, 터져라 부를 때,

드르륵! 정확한 저격에 내가 선지피를 내뿜으며 굴러떨

어지면

　아버지 "네가 죽지 못해 끝끝내 미쳤구나" 하시면,

　내 마지막 유언은 "아버지 저 벌써 죽었어요"가 됩니다

오월, 뼈의 이름으로

나는 무덤보다 더 좋은 곳이
무덤 밖이란 것도 알고 있지
나는 빗물이 아니라 빗방울을 느끼고 싶었지
어둠은 여전히 익숙하지 않아
뼈는 살 속에 있어야지
내게 살을 줘 거죽을 입혀줘
내 머리엔 총구멍이 아니라
어릴 적 놀다 부딪친 그 흉터만 있으면 돼
내 나이는 지금도 스물셋
애인, 애인이란 얼마나 황홀한 거야
난 기록을 위해 죽을 수 없지
그걸 참을 수 있는 사람은
아무도 없지 아무도,
소리 없는 죽음, 순간의 죽음이 얼마나 억울한지
대검의 길이는 왜 그리 길었지
일 밀리미터씩 일 밀리미터씩 밀려왔지, 아니 사실은
그렇게 계측할 수 없었어
백년의 아픔이 빛의 속도로 저며왔지

사르르 저며왔지

내 뼈가 보이니 내 퇴색된 뼈

부서진 머리, 어딘가로 사라진 내 머리 한 조각

지게

가리봉동 기륭전자 앞
급조된 망루 위에 한 여인이 농성중

깡패와 구사대는 밑동을 흔들며
뛰어내릴 테면 뛰어내려보라고 죽을 테면 죽어보라고
폼만 잡지 말고 확실히 결행해보라고

어떤 힘에도 밀리지 않던 그녀가 이 조롱에 흔들린다
육두문자는 그녀의 가슴팍을 지지한
작대기를 걷어차라고 한다
작대기가 걷어차이면 지게는 앞으로 고꾸라지는 것

순간
94일을 굶은 여인은 아시바에 두 팔을 건다
두 팔은 지게끈처럼
가녀린 두 다리가 쭉 지게다리처럼
허공에 걸린 가벼운 지게

허공은 가벼운데 발바닥 아래 세상은
무거운 중력이 되어 그녀를 끌어당긴다
아무리 부려도 가벼워지지 않는 짐에 화염이 붙는다

그녀가 흔들리는 지게가 되자
또아리를 틀고 아가리를 벌리던
무리들 몇발짝 물러났다

잠시 평온이 흘렀고 사위는 어두워지고
몇몇 소녀의 흐느낌과 아우성이 터졌다

그 울음만이 지상의 매트리스였다

수직의 배반자

엘리베이터는 수직으로 운동하지만 동력은 회전체다
도르래가 쇠줄을 돌려 직선의 운동력을 만든다
미세한 힘들이 수직의 탄 듯 만 듯한 승차감을
탄생시킨다, 수직의 어머니는 곡선
맞물려 돌아가는 곡선의 아귀힘으로 수직이 산다
하여 방자해진 수직은 자주 모체(母體)를 은폐한다
편리함 아늑함 속도전 그 따위 밑에 숨어서
어떤 가증스런 수작이란 걸 숨기며 내달린다
이제 계단도 옵션인 양 걷는 시대
거기서부터 형기가 시작될지도 모른다
팽팽한 쇠줄들이 죽은 땅을 끌어올리다
끝내 버티지 못하고 버릴 때가 있을 것이다
곡선이 죽으면 후레자식이었던 직선들이
따라 죽게 될 것이다
아마 땅을 칠 땅도 없을 것이다

봄산

산에서 한 사내 내려온다
진달래 꽃 지고 이파리로 일어서는데
낡은 뼈라 같은 사내
겨울옷 벗지 못한 이여
뒷머리에 산새집 지어서는
마을로 내려간다
그에게 마을은 얼마나 무서운 곳이기에
자꾸 아무도 없는 뒷길을 되돌아보곤
하는 것이냐

창원에서 죽다

만장이 나부끼고, 참으로 선했던
한 사내의 초상이 공장 곳곳에 걸려
살아 있는 사람들과, 당신이 밟고 다녔던 광장이며
보일러공장 주조공장 단조공장 제관공장을
훑어보고 있습니다 길가에 늘어선 동백은 잎이 푸르러
한참 뒤면 붉은 꽃 피겠고, 해고자들의 가족인 듯
단란한 일가는 가오리연을 광장 하늘에 날리며
좋아라 웃습니다 저 연줄은 절대 끊어지지 않아야 합니다
밤이 들자 희미하던 별이 짙게 밝아져
멀리 북극성 북두칠성이 선명합니다
우리는 모닥불에 둘러앉아 포일에 싸서 고구마를 구워
먹고
몇몇은 꾀를 내어 공장 너머에 있는 바닷가로 가서
회 몇접시 소주 몇병 비우고 갯내음 들이켜니
어느 명일 밤 못잖게 좋은 밤입니다
내가 왜 이곳에 왔는지는 잘 모르겠습니다
그저 미안하고 쓸쓸하고 그래서 왔던 모양입니다
좋은 눈물은 맑게 떨어지고 깊은 슬픔의 눈물은

끈적거릴 뿐입니다 그리고 저 냉동탑차 안에는 팔뚝이
오그라져 펴지지 않는다는, 생전 보지도 만나지도
못했으나 필연으로 끌리는 한 사람 누워 있습니다
우리는 다시 모닥불 곁으로 둘러앉습니다
어제는 설이었습니다

환관의 무덤

*

아파트 부지를 파헤치다 무덤 수백 기가 드러났다
환관 내시들의 무덤이라고 추측되었다
그들은 거세되었지만 발굴되었다
거세의 권능을 지녔던
왕의 성기는 어디서도 발굴되지 않았다
그러니까 저 떼무덤은 낙관의 징표
단절되지 않는 왕은 없다고,
모든 뼈다귀들은 똑같다고 역설하는 것이다

*

비석치기라던가
봉분 위에다 여자를 눕히는 자들도 있고
무덤을 들춰 밥벌이를 하는 도굴꾼들도 있다
무덤을 옮겨 일당을 맞춰야 하는 포클레인 기사도 있고
청약통장을 들고 무덤 위에 들어설

새집을 기다리는 성실한 가장의 시간도 있다
한 사람이 실존을 견디다 못해 십오층 베란다에서
담뱃불인 양 낙하하는 그만큼의 시간이
지금 발굴된 무덤 위에도
입주와 동시에 장만한 장롱 위에도 똑같이 흘러간다
시간만큼은 수평이어서 지나치게 적나라한 평등이어서
나는 생활을 위안하기도 하고
지지하지 않는 자가 왕이 된 것도 서러워하지 않는다

왜 배당하지 않는가

시위로 길이 막히고 장사꾼들의 가게가 분주하지 않았
으므로
손해배상이 청구되었다
물경 수천억원의 손실이 그래프로 제시되었다

그리하여 순치된 자들이
어떤 이의도 없이 신호등을 지켜 보도로만 차분히 걷기
시작하였다
광장의 잔디는 밟히지 않아 보리순같이 자랐고
호객의 꼬드김과 게워낸 구토물이 넘치는
활기찬 밤거리로 복원되었다

그리하여 날마다 평온으로 얻은 부가가치가 천문학적으로
쌓이기 시작했다

그러자 몇사람은 궁금해 묻기 시작했다
이의는 갖은 방법으로 통제되었으나 입을 찢진 못했다

국가는 날이면 날마다 차고 넘치는 평온의 적립금을
왜 배당하지 않는가?
예외없이 마이너스인 나의 통장에 당신의 통장에

도강하는 멧돼지

지리산 빗점골에서 죽은 그 사내
고로쇠 뿌리로 쓰러져 한 벌의 장총과 함께 누운 사내
술이 고팠던가 산중은 외롭고 날마다 주둥이를 들이밀고
캐먹어야 하는 밥뿌리가 지겨웠던가
아니면 패배 이후의 지상이 궁금했던가

호프집에 들이닥쳐 술 먹는 두 명의 소시민을
주둥이로 가볍게 들이받고 질펀히 흐르는 맥주를 핥아
먹었다 한다
오래전 마셨던 밀주(密酒)처럼 달았더란다
도심의 모처에서 지쳤으나 타는 눈빛을 뿜으며
고작 하룻밤을 은신했다 한다

사람들은 입을 틀어막고 탄성을 지르다가도
저것을 죽여라! 이구동성을 질렀다 한다
월경의 죄는 예나 제나 다르지 않아서
사수들은 포위망을 좁혔고,

그날처럼 퇴로도 없었다 한다
사내는 육중한 몸을 비틀어 강을 건넜다 한다
다리 위에서 사수들이, 강물 위에는 추적선이
강가에는 사냥개가, 그리고 명치를 조준한 깊은 총구,
저 간지러운 총구에서 그날처럼 총알 세례가 터질 것을
예감했다 한다
도강이 끝나자 하얀 이빨에 걸린 그의 살점들
개망초에 뿌려진 피
쓰러지고 말았다 한다, 뭐 하나 뒤집은 것도 없이
뭐 하나 쓰러뜨린 것도 없이

도강의 죄는 늘 껍질을 벗겨주고서야 사면받았다 한다
그날, 갈비뼈 속에 품었던 단도 같은 어금니가
가을 햇살에 잠시 빛났다 녹슬었다 한다

어제의 사내

서울역 지하도에서 뒹굴던 사내 남쪽 어느 공단에 갔다
남자라서 덩치가 있는 사내라서 데려간다 했다
말끔한 옷 한벌과 밥을 사줬다 술을 나발로 불어도 된다
고,
힘 한번 쓸 정신만 남겨두라 했다 깨어보니 큰 공장 앞
이었다
사내는 한때 출근카드를 찍는 공장에 다닌 적이 있었다
잿빛 작업복을 입고 어색하게 대열을 이뤄본 적도 있었다
오래전 대열 속으로 무리는 열과 조를 맞춰 진격하고
대자보는 찢겨 밟혔다 찰나, 웅성거리는 한 무리의 빨간
조끼들
저 새끼들! 저 새끼들만 몰아내면 돼! 조져! 죽지 않을 만
큼만!
인솔자가 외쳤다 사제 방패와 쇠파이프가 건네졌다
식칼과 손도끼를 든 자들도 있었다
사내는 움켜쥐었다 따라서 달려들었다 뭉개버렸다
사람이 사람을 어떤 밑바닥이 밑바닥을 공장바닥에서
어제의 사내를 오늘의 사내가 진압해버렸다

일방적으로 몰아 바숴버렸다 열정을 다해 핏방울을 만

들었다

성심을 다해 담배 다섯 보루 값의 임무를 완수하였다

석 달 만에 처음으로 맡은 일감을 마치고 아직 덜 취한

술을,

덜 깬 세상을 토해내고 드러누웠다 담배연기는

도로 제 얼굴 쪽으로 되돌아왔고 그는 심한 재채기를

그칠 수 없었다

지하계급

십오년 경력 지하전기실 박기사는 평생 남의 집 전구를 갈고 남의 집 배선을 손보며 살았다 딱 입에 풀칠할 정도의 수입만 보장되었으므로 그의 아내가 남의 집 벽지를 풀칠해주며 맞벌이로 가계를 버텼다 집인 양 살아야 하는 지하실은 석관 같았다 하루 세끼 똑같은 밥반찬은 다만 신선도와 간기만 다를 뿐이었다 지상과 연결된 통로는 비상구 불빛이 희밋한 계단뿐이었다 그는 두더지처럼 가끔 햇빛을 보러 철문을 열었고 빛바랜 하늘색 작업복은 진짜 하늘빛과 부조화여서 금세 지하로 재수감되길 자청하곤 하였다 그는 지상과 인터폰을 통해 통화했으며 대부분은 일방적인 호출이나 작업지시 아니면 욕지거리였다 그는 설비기사 자리를 비울 때면 새벽에 몽롱한 정신으로 변기를 뚫어주기도 했고 고압에 감전돼 손을 구워먹곤 황천길을 기웃거려야 했던 찌릿찌릿한 기억도 있었다 이십사시간 맞교대 전문이자 십오년 지하수감중인 그가 우여곡절 끝에 득도 아닌 득도를 하기도 했으니 그의 곰팡내나는 수상록 일부를 지하에서 꺼내 지상의 햇살 아래 잠시 공개하기로 한다

지상의 모든 상전들아
지하 없는 지상이 어디 있겠느냐
내 꿈은 죽어서는 지하에 묻히지 않는 것이다
무덤만큼은 밝은 허공에 전구처럼 매다는 것이다
당신들의 집에 내가 달아주었던 전구처럼 밝게

직립의 뼈들

등 굽은 사내들은 축구공을 꿰맸다 골무를 끼고 기마자
세로
한땀 한땀 육각형의 소가죽을 붙여 공을 꿰맸다
가끔 경마장을 찾아 일당을 날리고 두 갑의 담배를
재로 날리고 깊은 기침을 뱉어냈다
그들의 몸은 그들이 만드는 공처럼 오그라들었다
쪽창으로 본드 냄새 풍기는 햇살이 들면 니코틴으로 쌓은
치석을 보이며 "야야 사는 게 다 이렇지 어떻간?"
나는 그때 도넛이 되어 올라가는 담배연기의 허무와
묵음을 이해하지 못했디 공을 꿰매지 않아도 되는
세계를 다 안다고 겁없이 말했던 것이다
그들의 등을 공처럼 차버리면 공처럼 굴러갈까
그들은 평생을 싸우는 사람들의 바깥에 살았고
살기 위해 비교적 비겁했다 둥근 품새로 견뎠다
나는 그들의 바깥에 살았던가 그래서 잘살았던가
내 등도 굽어간다 이 지상에 어떤 뼈들이 온전히 곧겠는가
하지만 휜 등뼈가 뼈의 전부가 아닌 것처럼
나도 당신들도 모든 뼈들을 보지 못했다
잠복한 직립의 뼈들을

청어

청어는 포식자에게 잡아먹히면
그놈의 오장육부에 잔가시를 박으며
기꺼이 죽어준다고 한다
아무리 힘센 놈이라도 그 잔가시의
껄끄러움을 견디지 못하고
다음부터는 청어를 잡아먹지 않는다 한다
그리하여 나머지 청어들은
안녕하고 가끔 몇몇의 청어는 자진하여
검은 아가리 속으로 제물처럼
바쳐주곤 한다는 것인데 그런 뭣 같은
얘기가 그런 것 같기도 하고
엉터리 같기도 하던 꽃비 내리는 봄날인데
오늘 청어 같은 한 사람이
스스로 기름 붓고 구워지셨다
터진 살 사이로 잔가시만 앙상한
물고기 한 마리 하늘길 따라 오르던 날
허방에도 어떤 여린 내장이 있는지
자디잔 핏방울이 떨어졌다

제4부

호박이 익어가는 힘

땡볕의 한 시절을 버텨 골이 파인 호박들이
악다구니를 쓰다 욕창이 난 궁둥이들이
갯우렁이처럼 땅을 파들어가고 있다

가계가 누르스름할 것 같은 사람들이
썩어 짓무른 복창에 마른 씨를 쟁여서는
종일 진땅을 파들어가고 있다

오기만이 최대의 생산력인 호박들이
아, 어떤 도구도 없이
오직 엉치뼈의 힘만으로 구덩이를 파서
제 몸을 묻는 호박들이

줄기는 마르고 아래께는 짓물러터지며
묵언 경작하는 사람들이

아직은 저항의 나이

눈꽃
너는 피어라 나는 네 안에 지마
그래도 울지 않으리
이마 위에 아이 눈썹만한 눈이파리
예수가 죽어간 나이
시인이 요절한 나이
초월하지도 못했네 순응하지도 않았네
아, 아직은 저항의 나이
내가 쓴 길도 내가 지운 길도
덮고야 마는 단호한 눈발이여
앞선 발자국 하나 없이 내 흔적을 남겨서
당신에게 가야 하네
눈꽃 피는데, 당신에게 닿기도 전에
눈꽃만 피는데,
우두둑 솔가지 부러지고
나는 먹먹한 눈물 한 방울로
뵈지 않는 눈길을 녹이네

어떤 음계에서

자주 자는 집은 컨테이너이거나 달세를 주는 여관방,
자주 먹는 밥은 함바집의 백반이었던 그가
삼십년 객짓밥으로 얻은 만년 셋방에 곰팡이꽃을 피워
놓고
밥상을 차려 기다렸다

늘 막막했던 그가 용돈까지 쥐여준다
'아무려면 혼자 사는 내가 낫지'가 그의 잠언
창을 열면 집 밖도 실내인 작은 집
소소한 몇개의 반찬 냄새는 이 집을 벗어나지 못한다

빗방울은 허공에 걸린 거미줄을 튕긴다
이십오년 된 창고형 상가를 털어 칸칸이
허술한 담을 쌓고 그것을 아파트라 부르는 곳에
그가 살고 있다 그는 살 수 있었다
그가 만든 수많은 집들의 바깥에서만

빗방울을 견디는 거미줄, 오로지 가볍고 질긴 장력으로

살았던 탁음이 깊은 말라깽이 사내의 집

복도엔 그만그만한 사람들의 생이 얽힌 물발자국
발바닥으로 부르는 노동가, 따라 부르기 버거워
어떤 음계에서 나는 미끄러지고 만다

배웅

취기가 가시지 않은 동인천역
김해화 김기홍 시인은 일당을 공치고
순천행 열차를 타러 영등포역으로 떠나고

두주불사 박영근 시인 술 한잔 산다고
손목을 잡았다 현금카드를 주며
담배와 돈을 찾아달라기에
40만원 잔고에서 15만원을 찾아
담배를 사고 낮술 한 병씩 나눠마셨다

―야야 이게 기한 없는 생활빈데 이렇게 많이
찾아오면 어쩌냐―
타박이 한 잔이었으나,

늙어가는 사내들의 등짝과
뒤틀린 어깨에 걸린 바랑을 보는 것은
낡은 외상장부를 보는 것과 같다

몇줄 그어 빚을 나누고 싶은데
누군가는 너무 멀리 갔다

투신

어느 시집을 읽다가 나는 자꾸
시인의 이력에 먼저 마음이 머무네
시의 골자일랑 주마간산으로 읽어두고
뭍으로 뭍으로 알 낳으러 몰려가는 거북처럼
그이가 투신한 깔깔한 모래밭으로 먼저 기어가보네

○○대학 국문과 졸업 우유배달 학습지배달 미싱사
먼저 승천한 동지와 노동자에게 이 시집을 바친다는
그 새벽안개 속으로
나는 새벽의 낯선 찬기가 어떤 허기인지 먼저 읽으려 하네

몽롱한 잠을 그리워하며 세상의 차디찬 이불 속으로 들
어가야
　겨우 살아지는 삶에 대하여
　수금되지 않는 생계와… 연탄가스를 먹고 죽은 미싱사
친구와…
　…와 …와 …의 사이에 끼여든
　어느 조그만 여인의 투신에 대하여

그러니 더욱 시의 내지(內地)가 그리워지네
알을 깨고 돌아가야 하는 바다처럼 느껴지네
거북등처럼 딱딱한 시의 껍질이 시의 중심이어서
그 등을 타고 서늘한 시의 심해로 들어가네
갓 태어난 시의 새끼들과 함께

내 마음의 밭

텃밭엔 강낭콩을 심으리
자줏빛 콩밥에
아버지가 아무리 가난해도
올려주었던 갈치살을 발라주리

밤에 호박이 자라는 소리
달빛이 사립문에 걸터앉아 속삭이는 소리
문풍지를 울리던 바람이 나란히 누운
발가락 몇십 개를 간지럽히고

일어나고 싶지 않으면 좀더 누워도 되는 아침
된장국이 숯불 위에 끓고
아 부르는 소리 어머니가 아내가 아이들이

야이 게으른 이야
밥이나 먹고 배나 좀 덮고 주무시렴 하는 소리

하류에서

살점 흐무러져 가시로 남은 부유의 한 생이 떠내려와 갈
대에 안겼다 빈 술병들이 사방에서 몰려들었다 조문하듯
하룻밤을 그렇게들 동그마니 떠 있다 흩어졌다

마지막 술집을 찾아서

내게는 분주하지 않은 술집만 찾아가는 지병이 있다
비는 가늘게 내리고 우산 위로 톡톡 튀는 빗방울이
파격이 없는 내 근본을 조롱하리라는 걸 알고 있다
고작 술빚을 생각하며 그 걱정에 술이나 마시는 것

정권이 너희들의 마음대로만 이루어지듯
간혹 있는 주접만큼은 나의 의도대로만 이루어진다
고작 곰팡내 찌든 지하 술집에서 맥주를 마시며
통속적인 음담과 어울리지도 않는 옛 노래를
부르며 객기에 딩도하는 것

나도 모르는 나를 부르며 나를 모르는 너를 부르며
여기까지가 나의 마지막 파격 여기까지가
내 밤의 정거장

아, 아비 제비처럼 젖어 대자로 뻗은
내 발을 씻어주기도 하는 아이들아
미안하군, 살이 찌지 않은 아내여

홀로 술 먹는 밤조차 이해해주는 당신

내가 버는 대로 소비할 것임을
빚을 내어 술을 먹고 사람들을 만날 것임을 안다
그러니 나는 부자도 노예도 자발적 가난의 산골에도
기거할 수 없으리라

사는 대로 이 도시에 살아질 것이다, 사라질 것이다
내가 단골이 되려 했던 적당한 술집들은 다 망했지만
마지막 술집을 찾아야 한다

나는 술병이나 앓다 죽지 않을 것이다
다시 힘을 내어 걸어야 한다 그 침침한 술이라도 먹고
살아나야 한다 파격적인 발걸음을 내디뎌야 한다
어딘가 있을 마지막 술집을 찾아서

미안하다 봄

너는 생활의 하수를 미나리꽝으로 받으며

푸른 잎들 밀어올리는데

회류하지 못하는 황사를 어느새 품어서

아침이면 가라앉혀놓고

먼 산을 당겨서 가까이 안는데

내 마음 마르고 습한 노래들 그치지 않는다

미안하다 봄

그 도시의 일곱시

전철역 의자에 앉아 젖을 먹이는 여인이 있고
잠깐 놀랍기도 흐뭇하기도 한 표정의
사내들이 애써 눈길을 돌리던 일곱시
역전에서 만개한 어미꽃이 봉오리진
아기꽃을 지긋이 내려다보는 노란 국화분을
살 수 있었고 하루의 가장 지친 시간이었으나
무언가 가져갈 것 있던 그 도시의 일곱시

맞춤하게 배가 고프면 어묵 한 꼬치를
사먹고 그 기운으로 오르던 얕은 오르막길
비슷한 인상의 사람들이 좁은 보도블록에서
어깨를 부딪치며 걷던 일곱시
골목에는 낯익은 아이들
작년 겨울 나와 눈싸움을 하던 아이들
아는 체도 모르는 체도 못하던 순한 골목 사람들

외상술을 주는 호프집을 지날 땐
친구로 튼 주인여자가 있는지 곁눈질을 부리기도 했던

독학

어린이대공원 앞에서 차를 돌려 세 명은 내리고
나는 돌아왔다 주차할 자리가 마땅찮아 나도 미치겠는데
아이들이 푸념하기에 잠자코 있으라고 소리쳤는데,
아내는 열 받아 운전 좀 해주는 게 대수냐고 치받기에
나는 집단부적응자 혹은 가족부적응자가 되어
세 명만 내려주고 돌아왔다 그럴 때 사는 게 즐겁다
외토라져 내가 잠시 시를 쓰는 시간
돌아와 몇시간 꿍한 그 시간이 즐겁다
이유도 없이 행복해하거나 파안대소를 해대는 일이
간혹 거북하다 혼자서 멜랑꼴리해하거나,
못할 짓을 반성하거나, 저 이유 없이 내 감정의
빗자루에 쓸린, 독설에 베인 가녀린 것들의
주눅든 눈빛을 그려보는 것,
스스로 소외를 만들어 즐기는
이 시간이 즐겁다 이 무슨 망측한 독학이란 말인가

달아난 여인

세상이 푸르기도 전에 섣부른 꽃 간간이 피었다
바지락이 허어 춥다 헛바닥을 삼키는 햇봄
콩나물 파는 여인은 새로 자리를 잡더니 차로를 등지고
꼬투리의 콩껍질 벗겨내는 게 일이다
하루에 한 함지만 팔면, 반나절에도 일어서고
해거름에도 일어선다 꽃샘바람은 그이를 다그치지 않고
마주선 등만큼 제 부피를 줄여준다
한 낱의 콩껍질까지 모아 빈 함지에 담고
자리를 털면, 나도 그이 뒤를 쫓아 봄을 기르는
그곳에서 자라고 싶고 봄은 기어이 내 눈치를 채고
달아나고야 만다

그네

아직 누군가의 몸이 떠나지 않은 그네,
그 반동 그대로 앉는다
그 사람처럼 흔들린다
흔들리는 것의 중심은 흔들림
흔들림이야말로 결연한 사유의 진동
누군가 먼저 흔들렸으므로
만졌던 쇠줄조차 따뜻하다
별빛도 흔들리며 곧은 것이다 여기 오는 동안
무한대의 굴절과 저항을 견디며
그렇게 흔들렸던 세월
흔들리며 발열하는 사랑
아직 누군가의 몸이 떠나지 않은 그네
누군가의 몸이 다시 앓을 그네

서정시가 파닥거린다!

김수이

어떤 의미에서 2천년대는 서정시의 무력증이 알게 모르게 감지된 시대였다. 무력하다는 것은 절망이나 분노, 고통에 사로잡힌 것보다 더 난감한 상태라고 할 수 있다. 심신에 힘이 빠지는 무력증은 존재의 일부나 전체의 공황상태를 의미하기 때문이다. 무력증을 앓는 존재는 능력과 의욕을 상실(당)하고, 타자와 세계를 향한 행위를 중단(당)한 상태에 있다. 자신의 본래 능력과는 별개로, 무력증에 걸린 존재는 모종의 불가항력적인 불능의 증상을 앓는다. 그것은 말 그대로 '증상'이다. 무력증은 자신 및 타자·세계와 불화하는 존재가 그 불화를 자신의 내부에 고립시켜 응축할 때 발생한다. 무력증은 존재의 내적 문제로 보일 수 있지만, 존재와 세계가 맺는 '관계'의 독특한 양상의 문제에 해당한다.

서정시에서 무력증이 감지된다는 것은 서정시의 본질적

인 속성이나 위력과는 무관한 일이다. 이는 서정시가 세계 및 현실과 맺는 관계에 대한 문제이기 때문이다. 근래 '서정(시)'에 관해 행해진 비평적 논쟁에는 '본질'과 '관계'의 두 차원에 대한 혼란이 들어 있는 것으로 보인다. 오늘날 서정시가 보여주는 다른/새로운 양상과 증상들을, 즉 오늘날 서정시가 세계와 맺는 다른/새로운 관계의 문제를, '서정(시)'의 본질에 대한 문제와 종종 혼동하고 있는 것이다.

서정시의 무력증은, 가치판단의 시선을 배제하고 하나의 '증상'으로 볼 때, 가령 이런 현상들을 가리킨다. 서정시가 무엇을 할 수 있는가라는 오래된 회의가 시의 역설적인 추진력이 되지 못하고 무력하게 공회전하거나 시인 자신과 삶에 대한 자괴감으로 변질된 상태. 세계와 현실에 대한 시와 시인의 역할이 상당부분 축소되었다는 괴로운 짐작 혹은 상상. 언어와 존재, 세계의 기반이 와해된 분열의 시대에 동일성의 미학에 근거한 종래의 서정시는 효용이 약화되었다는 분위기. 기존의 시의 언어와 미학, 시적 발상법과 화법 등에 대한 필요 이상의 거부감. 이와 연동된, 새로운 시도들에 대한 막연한 두려움과 피로감 등.

엄밀히 말하면 무력증을 앓고 있는 주체는 서정시가 아니라 서정시인과 서정시의 독자들, 그리고 비평가들이라고 할 수 있다. 그런데 여기, 서정시를 주어이자 주체로 하여 "서정시가 파닥거린다"고 열과 성을 다해 노래하는/증언하는 시인이 있다. 서정시 자체를 서정시의 주어이자 내용물로 삼은 이 재귀적인 진술은 신예시인 문동만의 독특한 발상법에 의한 것이다. 이러한 낯선 화법과 음색은 근래 서정시가 무력해진 증상들에 관한 시인의 문제의식의 소산으로 볼 수 있다. 서정시에 대한 종래의 정의에 균열이 일어난 상황에서 문동만은 서정시의 본질과 역할에 대한 성찰을 통해 자신의 입지를 구축한다. '서정시가 파닥거린다'는 발견은 그가 '서정시의 배후'에 대한 탐구의 결과로 얻은 것인데, 이는 정적인 서정시 혹은 서정시의 정적인 면모들에 대한 경계를 바탕으로 한다.

　직관의 부리를 앞으로 앞으로 밀며
　활공하는 기러기떼

　어둠이 갈라지고 꽁지 끝에서 다시 어둠이 모인다

　끼루룩대는 저녁의 신호
　아직 터지지 않은 말이 이미 터진 말을 감싸며
　터진다

　생기발랄한 부리들이 뒤처진 날개를

힘껏 부른다

서정시가 파닥거린다

―「배후」 전문

문동만에 의하면, 서정시의 배후에는 '직관'과 '어둠', '아직 터지지 않은 말'들과 '뒤처진 날개'가 있다. 세계의 깊고 어두운 심연으로부터 "아직 터지지 않은 말이 이미 터진 말을 감싸며 터"지는 순간이 바로 서정시가 파닥거리며 탄생하는 순간이고, 세상을 향해 날갯짓을 시작하는 순간이다. 두번째 시집을 내는 젊은 시인이 이처럼 서정시의 본령에 대한 고전적인 탐구를 감각적으로 시화하는 장면은 흥미로울 뿐 아니라 이채롭다. 그 이채로움은 익숙한 것을 낯선 것으로 묘사하는 언어의 묘미에서 비롯한다. "서정시가 파닥거린다"니! 이 문장은 서정시를 갓 태어난, 부동(不動)과 무기력의 상태에서 깨어난, 생동하는, 조그마한 힘을 지닌, 안간힘을 다하는, 연민을 느끼게 하는 존재로 묘사한다. 사실 이 묘사문은 서정시에 대한 기존의 관점들을 그대로 함축하고 있다. 그럼에도 '파닥거린다'라는 앙증맞고 생생한 술어가, 서정시가 지금 눈앞에서 생동하며 날아가는 듯한 각별한 느낌을 갖게 하는 것이다. 이 시집의 앞부분에 실린 「낯설지 마라」는 마치 이러한 독자의 반응에 대해 시인이 준비해둔 사전지침이나 명령처럼 들린다.

> 한 아이가 골목에서 생라면 까먹다 부스러기를 흘린다
> 가난한 날의 주전부리나 주눅들어 주저앉았던 담벼락
> 내 오래된 상징, 낯설었지
>
> 작업복을 빨아 널며 나는 옆집 빨랫줄을 쳐다보네
> (…)
> 오, 어떤 세월 그대여 낯설지 마라
>
> ——「낯설지 마라」 부분

문동만이 '그대'(독자)에게 내리는 '낯설지 마라'라는 명령은 진짜 낯선 것들을 겨냥한 것은 아니다. 너무도 익숙하다가, 우리의 존재와 삶의 일부이다가, 혹은 여전히 우리의 일부임에도 온당치 않게 불편하고 낯설어진 것들이다. 이를테면 가난과 노역에 찌든 삶, 영혼과 내면을 말살하는 노동, 소외되고 황폐해진 내면, 불행한 가족사와 성장기, 고통받는 이웃들, 사회의 구조적 모순 등이 그것이다. 이들을 모두 포괄하고 현재화하는, 혹은 이들이 현재의 사건들임을 역설하는 지점에 바로 '뒤처진 날개를 힘껏' 들어올려 파닥거리는 문동만의 시가 자리하고 있다.

그의 시가 세상을 향해 힘겹게 파닥거릴 때, "욕을 먹어야 밥이 나"오는 그의 '업'도(「물에 에인 날들」), "여기 오는 동안/무한대의 굴절과 저항을 건디며/그렇게 흔들렸던 세월/흔들리며 발열하는 사랑"도(「그네」), 비좁은 방에서 "자면서도 입 벌린" 식구들도(「자면서도 입 벌린 것들」), "오로지 가볍고 질긴 장력으로/살았던" 사람들과 그들이 "발바닥으로 부르는 노동가"도(「어떤 음계에서」), 농성장에서 94일을 굶은 끝에 투신한 여인(「지게」) 들도 함께 하나의 대열을 이루어 세상 속으로 전진하는 것이다. 어딘가 생경하고도 끝내 익숙한 모습으로.

'낯설지 마라'는 명령과 함께 귀환하는 문동만의 '오래된 상징'들과 '세월'은 언뜻 보기에 전통적인 서정시의 외형을 갖추고 있다. 그러나 문동만이 구사하는 어법과 수사 장치, 상상력은 전통적이라고 하기에는 충분하지 않은 면이 있다. 시의 파급효과라는 면에서는 더욱 그러하다. 문동만은 공동의 사안이 되어야 할 세상의 일들을 일종의 윤리적 소명감을 갖고 시화하면서도 자신의 일방적인 관점만을 고집하지 않는다. 어떤 대상이 타자에게 체험되고 받아들여지는 방식을 함께 고려하는 것이다. "그대여 낯설지 마라"라는 명령문의 경우, 발화의 주체는 '그대'에게 가난한 세상을 낯설어하지 말아야 할 주체와, 가난한 세상에 의해 낯설게 느껴지지 말아야 할 대상의 이중적 위치를 부여하고 있다. 이러한 복합적 위치에 초대된 '그대'(독자)는 주체·대상의 동시성을 누리는 가운데 문동만의 시와 거기 투영된 세상을 보다 열린 상태로 경험하게 되는 것이다.

문동만의 시의 가장 중요한 기원이자 탐구 주제는 '가난'과 '노동'이다. 이 둘은 '생계'라는 한가지 문제에 뿌리를 두고 있다. 문동만은 유년기부터 힘겨운 가난을 겪어온 것으로 보이는데, 가난은 그의 시적 지반이자 끈질긴 싸움의 대상으로 자리잡고 있다. 그는 내내 "가난이 그치지 않는 성에서"(「가난한 성에서」) 살면서 고통스러웠고, 가난 때문에 고통받는 가족으로 인해 더욱 고통스러웠다. 어린시절 그는 아버지와 형의 중노동에도 불구하고 떨쳐버릴 수 없는 지독한 가난을 가족과 함께 감내해야 했다. 가장이 된 현재의 그는 아무리 열심히 일을 해도 여전히 가난에서 탈출하지 못한 채 아내와 해결책 없는 싸움을 반복하며 답답한 현실을 견디고 있다.

> 가시던 날 온 방 안이 밥알로 보인다는 아버지께
> 어머니는 유언 같은 밥 두 숟가락을 억지로 떠먹이셨다
> ──「주꾸미 알」 부분

> 형은 자석이었다
> 가난 뭉텅이를 잡철처럼 붙이고 살았다

열일곱살 때 가구공장에서 삼만오천원을 받고
열여섯 시간을 일하고
니스 냄새 때문에 중이염을 앓던 귀에
고름이 더 차더라고 편지를 썼다
(…)
녹슨 못이 빠져나오던 우리집은 형의 피고름으로 견
뎠다

　　　　　　　　　　　　　──「자석과 겨울나비」 부분

사는 게 어려운 날엔 늘 벌금이나 세금이 나왔고
깊이 잠들지 못했다, 다시는 가지 않을 술집을 전전했다
그러니 아내는 말라가며 나에게 저항했던 게다

　　　　　　　　　　　　　　　　──「낙화」 부분

　문동만이 갖고 있는 가족에 대한 기억은 거의 대부분 참
혹한 가난과 분리되지 못하는 상태에 있다. 아버지의 임종
이 그 비극적인, 대표적인 예다. "저울질 하나로 품삯을 벌
어오던"(「저울에게 듣다」), "가시던 날 온 방 안이 밥알로 보
인다"던 그의 아버지에게 어머니는 "유언 같은 밥 두 숟가
락을 억지로 떠먹이셨다". 이 장면 하나만으로도 이들 가
족이 겪은 극심한 가난과 한을 고스란히 유추하고도 남음
이 있다. 아버지의 죽음에 따른 여파인지는 정확히 알기

어렵지만, 형은 십대의 어린 나이에 공장 노동자가 되었다. 가구공장과 자석공장에서 열몇 시간을 일한 "형의 피고름으로 견"딘 가족의 삶이란 더없이 참담하고 처절한 것이었음이 분명하다. 가난은 질기고 또 질긴 것이어서 가족의 내력이 되고 삶 자체가 되며 관계가 되고 내면이 된다. 한 예로, 얕은 잠과 술집과 부부싸움을 오가는 현재의 '나'에게 비쩍 말라가며 저항하는 '아내'는 '나'의 무능과 죄책감을 증거하는 징표와도 같다. "내 마음 마르고 습한 노래들 그치지 않는"(「미안하다 봄」) 날들이 계속되는 것은 이상한 일이 아니다. 능력 없는 가장인 '나'는 존재의 가장 내밀하고 자유로운 감정이자 행위인 '사랑'에 대해서마저 자조적인 심정을 토로하기도 한다. "음습한 내 기운 시절을 가리지 않았으니/무슨 사랑이 나의 책임이 되었단 말인가/나 같은 것의 책임이 되었단 말인가."(「자면서도 입 벌린 것들」)

문동만은 가난의 폭력에 시달리는 가족의 고통스러운 삶, 힘없는 가장이자 노동자로서 자신의 고뇌에 찬 생활을 그려내는 한편으로, 더 고통스러운 현실을 건디는 타자들 앞에서 자신과 자신의 삶에 대한 객관적인 성찰의 거리를 확보한다. 시집의 후반부에 주로 배치된, 가혹한 노동의 현장과 노동자의 목숨을 건 투쟁을 그린 시들, 즉 「어제의 사내」「지하계급」「지게」「창원에서 죽다」 등이 그 계기이다. 특히 시 「직립의 뼈들」은 노동의 현장에 대한 문제의식

을 담아내면서 이를 시인 자신의 삶에 대한 반성으로 절실
하게 내면화한 점에서 눈길을 끈다.

등 굽은 사내들은 축구공을 꿰맸다 골무를 끼고 기마
자세로
한땀 한땀 육각형의 소가죽을 붙여 공을 꿰맸다
가끔 경마장을 찾아 일당을 날리고 두 갑의 담배를
재로 날리고 깊은 기침을 뱉어냈다
(⋯)
나는 그때 도넛이 되어 올라가는 담배연기의 허무와
묶음을 이해하지 못했다 공을 꿰매지 않아도 되는
세계를 다 안다고 겁없이 말했던 것이다
그들의 등을 공처럼 차버리면 공처럼 굴러갈까
그들은 평생을 싸우는 사람들의 바깥에 살았고
살기 위해 비교적 비겁했다 둥근 품새로 견뎠다
나는 그들의 바깥에 살았던가 그래서 잘살았던가
내 등도 굽어간다 이 지상에 어떤 뼈들이 온전히 곧겠
는가
하지만 휜 등뼈가 뼈의 전부가 아닌 것처럼
나도 당신들도 모든 뼈들을 보지 못했다
잠복한 직립의 뼈들을

　　　　　　　　　　　　　　　　　　—「직립의 뼈들」 부분

가난의 현실에도, 노동의 수고에도, 고통을 견디는 일에도 말하자면 등급이 있는 것이다. 직립의 몸에 맞는 수직의 '등뼈'가 허락되지 않는 '등 굽은 사내들'은 그 최저등급의 삶을 지속하는 사람들에 속한다. "한땀 한땀 육각형의 소가죽을 붙여 공을 꿰"매는 사내들의 몸은 "그들이 만드는 공처럼 오그라들"어 있다. 노동은 몸에 각인되어 몸의 본래 형태를 변형시키고, '수직의 뼈'의 생물학적 존재기반을 둥글게 굽은 뼈의 그것으로 바꾸어놓았다. 오로지 "살기 위해 비교적 비겁"하게 견딘 날들이 이같은 엄청난 결과를 초래한 것이다. "공을 꿰매지 않아도 되는／세계를 다 안다고 겁없이 말했던" '나'로서는 충격적인 사태가 아닐 수 없다.

　폭력적이고 비인간적인 노동은 인간의 몸의 중추인 "직립의 뼈들"을 "둥근 품새"의 비정상적인 형상으로 탈바꿈시킨다. 이는 현대문명이 자연의 곡선을 배반하고 "직선의 운동력"과 기계들을 대량생산하는 것과 동일한 전략에 따른 것이다. 그러나 양자는 정반대의 변화과정을 보여준다. 현대문명과 사회체계는 자연의 순리에 역행해 인간의 원형인 직선의 뼈를 곡선으로, 자연의 원형인 곡선의 동력을 직선으로 강제 변형하는 것이다. "수직으로 운동하지만 동력은 회전체"인 엘리베이터는 후자의 단적인 사례이다.

여기서 더 나아가 문동만은 엘리베이터를 모델로 삼아 현대문명의 미래에 대한 묵시록적 예측을 제시한다. 그는 엘리베이터의 "팽팽한 쇠줄들이 죽은 땅을 끌어올리다/끝내 버티지 못하고 버릴 때가 있을 것"이며, "곡선이 죽으면 후레자식이었던 직선들이/따라 죽게 될 것"이라고 단언한다.(「수직의 배반자」) 문동만의 곡선과 직선의 사유체계는 노동자의 '몸'에서 출발해 현대사회와 문명의 폐부를 관통하면서 부정의 어법으로 미래의 전망을 수행하고 있는 것이다.

그런데 문동만이 궁극적으로 강조하고자 하는 것은 둥글게 굽은 뼈가 아니라 그 굽은 뼈들에 '잠복'되어 있는 '직립의 뼈들'이다. 둥근 뼈가 왜곡된 노동과 사회구조, 문명의 부산물을 뜻하는 데 반해, 직립의 뼈는 인간 본연의 실체이자 그에 대한 상징을 의미한다. 이 '직립의 뼈들'에서 한 인간이 "숨어서 우는 습한 노래와 마른 사랑"이 울려나오고, 그 "사이에/내 마음 있어서//이 맨바닥에 돌을 던져다오//수렁같이 빨아먹으련다"(「은둔기」)라고 선포하는 시인의 각오가 터져나오는 것일 터이다.

'직립의 뼈들'은 문동만의 존재론적 근거이자, 삶의 방식과 시적 지향성의 상징이라고 할 수 있다. '직립의 뼈들'은 문동만의 시의 기저에 흐르는 윤리적 선택과 결행의지의 다른 이름인 것이다. 문동만은 비루한 생계와 일상을 적나라하게 이야기하면서도 속물성에 대한 강박적인 비판이나 자기합리화에 기울지 않는다. 노동의 모순과 정치·사회적 억압을 성토하면서도 애써 강인한 주장과 자세를 고수하지도 않는다. "아직은 저항의 나이"라고 문동만이 결심하듯 말할 때, 그의 소박하고 꾸밈없는 말에서 감지되는 것은 부드럽고 연약해 보이는 서정시의 파닥거림 같은 것이다. 그 파닥거림이 비상의 첫 단계라는 것은 모두가 알고 있는 사실이다. 실물의 경험과 사유로 꽉 차 있는 문동만의 이번 시집은 우리를 비상의 가능성으로 다시 처음인 듯 설레게 한다.

초월하지도 못했네 순응하지도 않았네
아, 아직은 저항의 나이
내가 쓴 길도 내가 지운 길도
덮고야 마는 단호한 눈발이여
앞선 발자국 하나 없이 내 흔적을 남겨서
당신에게 가야 하네

———「아직은 저항의 나이」 부분

金壽伊 | 문학평론가

스무 해 전 나는 흙에서 발을 떼었다. 다행히 도시에도 흙이 있었다. 속정 있는 사람들을 만나 그들과 엉키며 도시를 견딜 수 있었다. 손과 머리가 야물지 못해 우수한 기술자가 되지도 못했고 밥벌이를 핑계로 전위에 서보지도 않았다. 불러주는 곳에 가는 것만으로도 벅찼던 내 일상에 파격은 없었다.

내 시는 나를 가련히 여긴 어떤 이가 기별도 없이 보내준 소포 같은 것이다.

인간이야말로 내게는 가장 역동적인 풍경이며 매혹이다. 지금 그 풍경은 깊은 골이 파이고 뼈마디가 시리다. 파렴치한 정치와 반성하지 않는 제도로 말미암아 자주 분기가 일고 욕이 다반사인 혼잣말을 해댄다. 불구하고 직설적인 시편들은 시'집'의 처마 밖으로 팽개쳐두고 말았다. 그 녀석들을 아주 버려두지는 않으리라.

이십대에 낸 첫시집을 후회했다. 어쩌랴. 이건 후회도 못할 처음 같은 두번째 시집이다. 일을 줄여야 할 분들인 데 황사도 없는 봄날에 일복만 드려서 고맙고 송구스러웠 다. 정희성 선생님과 김해자 시인, 김수이 평론가께 깊은 절을 올린다. 졸고를 엮어준 창비와 등을 밀어준 많은 인 연들께도. 그러므로 이것은 절대 혼자 쓴 시가 아니다.

같이 살아주는 식구들, 남루한 유년을 같이 견딘 핏줄들. 더불어 홀로 글을 쓰는 벗들의 손을 잡으며 다시 힘을 낸 다. 아직 옳은 힘은 오지 않았다. 밀려오는 서늘한 물결이 왜 없으랴.

2009년 5월
문동만

창비시선 302

그네

초판 1쇄 발행 / 2009년 5월 27일

지은이 / 문동만
펴낸이 / 고세현
책임편집 / 이상술
펴낸곳 / (주)창비
등록 / 1986년 8월 5일 제85호
주소 / 413-756 경기도 파주시 교하읍 문발리 513-11
전화 / 031-955-3333
팩시밀리 / 영업 031-955-3399 · 편집 031-955-3400
홈페이지 / www.changbi.com
전자우편 / literat@changbi.com
인쇄 / 한교원색

ⓒ 문동만 2009
ISBN 978-89-364-2302-5 03810

* 이 책은 한국문화예술위원회의 2007년도 문예진흥기금을 받았습니다.
* 이 책 내용의 전부 또는 일부를 재사용하려면
  반드시 저작권자와 창비 양측의 동의를 받아야 합니다.
* 책값은 뒤표지에 표시되어 있습니다.